Les mariés de
l'au-delà

Par Aleka Waters
et Sibylle Bonheur

Ce livre est dédié à la mémoire de
Lady Neptune.

"Certains hommes entendent les voix qui sont en eux avec une rare clarté, et ils obéissent à ce qu'ils entendent. Ceux là deviennent soit fous soit ils deviennent légendes.

                          Jim Harrison Légendes d'automne

Il ne reste que des bribes de toi et des fragments de mon âme et c'est par bribes que j'écrirai ta légende ou la mienne ou peut être la nôtre, car tout aujourd'hui se mélange et devient confus comme les brumes du souvenir dans lesquelles je nage, comme tes vacillements sur cette autoroute sur laquelle tu t'écroules. Ce brouillard d'une manière me paralyse mais d'une autre m'est agréable...
Il n'y aura pas de structure à cette histoire, elle viendra incertaine et vagabonde, comme mon esprit qui aime à se perdre dans le pays de la remembrance. Elle descendra des nuées volatiles comme la dernière ode que chanta mon âme, comme le chant du cygne, inachevé et sans cohérence. Elle sera le flot imprévisible de la rivière qui emporte nos vies dans ces autres dimensions ou tout demeure éternel.

Commencerai-je par la fin ou par le milieu d'un songe ou les fantômes d'autrefois viennent murmurer la douce mélodie de ce qui n'existe plus que dans nos mémoires ?
Moi aussi je cherche le chemin de ma maison et de mon passé et tout comme

toi je m'accroche à cette carte postale que tu m'as envoyée de l'au-delà ...C'est le vestige d'un autre monde, ou la missive venue d'une autre réalité. Et cette route qui n'en finit pas se transforme en rivière infinie ou dansent les ondes phosphorescentes de nos âmes qui s'abandonnent à leur destin sans plus ne pouvoir lutter...

Moi aussi je suis devenue la rivière, celle au bord de laquelle je flânais a fini par m'attirer hypnotique dans un autre monde, peut être m'y suis noyée peut-être m'y suis-je seulement rafraîchie mais d'une façon ou d'une autre je voyage toujours dans ses eaux translucides ...

Je me souviens seulement de cet oiseau bleu, cet oiseau de paradis qui voletait au-dessus de ses eaux profondes. Il m'invitait à l'aventure et sûrement ai-je voulu le rejoindre, indifférente au risque que je prenais. Mais peu m'importe car dans le fond je sais qu'il n'y a pas de frontière entre la vie et la mort, le rêve et la réalité. L'oiseau bleu m'invitait à

sauter dans les nuages qui planaient au-dessus de l'onde mystérieuse. Langoureuse et éthérée, lasse de ma solitude et de ma tristesse, j'écoutais ce que sa voix silencieuse me murmurait à l'oreille.
« Saute dans ces nuages et lave toi de tes vies antérieures, plonge dans l'onde et tu renaîtras infinie... »

Je ne me souviens plus du reste, seulement de cette aventure avec ce garçon blond qui m'apparut sous une cascade au milieu de la danse des brumes. Nous vécûmes la bohème et aujourd'hui encore sa poésie emplit mon âme. Il était un poète, une belle âme et il sut dans ce voyage entre deux mondes me faire danser au fil de ses rêveries. Il m'attendait depuis longtemps dans cet autre royaume et connaissait mon visage bien avant de m'avoir rencontrée.

Il y a ces instants d'éternité qui me hantent et qui font s'évanouir

l'horloge du temps. Malgré les années qui font s'effacer les souvenirs, elles ne peuvent diminuer l'emprunte que l'amour laisse à jamais dans nos cœurs. Quelques secondes comme une fugace étincelle qu'enflamme le tourbillon de nos mémoires et c'est dans la fugacité de ce flash que l'on s'est senti exister.
C'est là que notre divinité se révèle, que le cœur s 'emballe et ressent la fusion avec l'unité.

Il n'y a plus de temps, il n'y a plus d 'espace, il n'y a plus que ce langage de l'âme et cette invitation au voyage dans des dimensions que seuls les initiés peuvent pénétrer. Tout bascule dans le tsunami des émotions, l'être se révèle et renaît du plus profond désespoir. L'inattendu de ces instants laisse le sentiment infini de la magie qui nous entoure. C'est pour ce frémissement de nos âmes, ces quelques instants d 'éternité qui nous foudroient qu'il aura valu la peine d 'exister. Le temps est comme un ruisseau, tu ne peux toucher la même eau deux fois puisque le courant suit son cours, mais la source qui inonde ton cœur est éternelle.

Ce garçon que j'ai rencontré dans les eaux de la rivière est dans ma mémoire le gardien d'un autre monde, il est un poète, un philosophe qui m'enseigna la spiritualité et la magie lors de nos rencontres, il est le prince de ma nébuleuse. Peut-être est-il l'esprit de la rivière, il n'est d'aucun royaume terrestre, mais pour moi il reste ce bohémien que je rencontrais sur les routes d'Idaho. Vous ne le rencontrerez certainement pas en territoire d'Idaho car c'est un Idaho inventé, un Idaho qui n'a jamais existé que dans mon cœur.

Un jour, je repartirai au bord de ce cours d'eau, je me laisserai dériver tel un lotus géant sur la rivière qui emmène les voyageurs au pays d'Idaho.

L'oiseau bleu de paradis survole encore et toujours cette mystérieuse utopie née des méandres de ma psyché fertile et entraîne les nouveaux venus au royaume de l'enfance et des fêtes sans fin.

Nulle mauvaise reine ne règne plus sur ce monde onirique aux frontières aussi changeantes que la course des nuages. J'attends avec impatience de revoir le séquoia géant qui trône dans la prairie parsemée de tournesols.
Car tout en haut de cet arbre, c'est là que se trouve le paradis perdu de mes jeunes années. Seuls les élus connaissent le code secret pour pénétrer dans cette cabane en haut des arbres. Le voyageur d'Idaho accède alors à ce lieu féerique où l'on peut éternellement revivre les souvenirs d'une innocence ici-bas à jamais perdue, mais ces visions fugaces disparaissent à la première rosée du matin.

Le prince d'Idaho est ce jeune homme blond endormi sur la route, au regard de glace, qui rêve à son enfance évanouie qu'il ne retrouvera jamais que dans ses songes. Il rêve à sa maison qu'il ne retrouvera jamais sur cette terre. Sur cette route qui n'en finit pas, le prince d Idaho rejoint les nuages et m'emmène avec lui quand

la vie est trop douloureuse. Alors à chaque fois que je sens cette angoisse existentielle
monter en moi, je m'endors et retrouve le prince d'Idaho et mon foyer perdu.
Dans ce pays magique, ton seul trésor est ton cœur et les saumons dansent en remontant les rivières.
Nous sommes tous des bohémiens amoureux des tournesols et nous nous étreignons joyeusement sur les cercueils au moment des funérailles.
Nous nous promenons en peignoir rose et volons des motos.
La corruption de l'argent et de la société s'est depuis bien longtemps évanouie de ce monde hors du temps et de l'espace.
Le prince d'Idaho envole les amours mortes d'un nuage de fumée. Il m'envoie de temps en temps des cartes postales de ce pays qui n'existe que dans les chimères pour me dire que sur cette route qui n'en finit pas il y a l'amour et l'espoir.

Comme le prince d'Idaho je vous envoie des cartes postales pour vous conter notre histoire et j 'en reviens toujours à cette route interminable sur laquelle j'ai dû dire adieu à mon passé. Mais j'en reviens aussi à la rivière quand le bitume devient flot.O rivière, tes eaux profondes pénètrent mon âme et me ramènent dans les dimensions profondes de mon être. La plasticité de tes ondes fait naître en moi le souvenir originel des eaux fécondes de notre naissance. Comme le fœtus dans le ventre de sa mère, nous revenons toujours en ton sein nous immerger dans ce souvenir immémorial et ce profond et mystérieux silence de ton murmure incessant, comme pour entendre l'écho remontant à la surface de dimensions oubliées.

Tu es l'eau de la source de vie, tu es l'eau de la rivière qui est venue se fondre a moi et mélanger ses larmes à mon flot d'argent. Dans tes ondes, tous les visages de l'humanité se confondent et se mélangent et finissent par se purifier dans la beauté de l'un. Au sein de tes eaux règnent les dieux et les gardiens de la mémoire cosmique, épousant la mouvance et la fécondité de l'harmonie universelle.

O rivière, tes eaux deviennent cascades qui coulent au plus profond de mes mondes intérieurs et ta pureté et ton silence lavent et purifient mes péchés de mortelle.

Esprit de la rivière, prince d'Idaho, certains disent que tu n'es qu'un ami imaginaire mais il m'a bien semblé que tu étais réel quand tu es venu me parler au plus profond du désespoir. Tu es mon ami le plus intime et le plus proche, celui qui ne m'abandonnera jamais et viendra toujours hanter mes souvenirs. Au royaume des âmes, j'ai le sentiment que tu m'attends et que tu veilles sur moi sur cette longue route solitaire et difficile de l'existence. A chaque fois que je pense à toi, tu sembles m insuffler la nostalgie de ce paradis perdu.

Mais ma véritable histoire, celle de Laura River, ne se limite pas à une songerie entre deux mondes ni à l'histoire de cette poétique rencontre.je remonte ainsi aux sources de ma vie , à ces courants à la fois intrépides et bouillonnants qui ont façonné mon âme et fait jaillir l'esprit de la chamane de mon être.

Nul ne sait quand le grand esprit me rappellera auprès de lui, ni quand il reviendra cueillir mon étincelle divine pour la rendre aux étoiles. Je suis née à l'époque des feuilles qui craquellent et qui jaunissent et où elles se parent des couleurs orange et jaune de l'automne, mon maître est le Scorpion ; les influences plutoniennes font pressentir en moi l'attrait pour le mystère est les choses cachées. Je suis née le 03 novembre 1983 à 20h30 ; mon ascendant est le signe du cancer et c'est sans étonnement que la nostalgie de l'enfance et du monde du rêve vient hanter mon cœur. Ces deux signes d'eau, signes de l'inconscient et de la médiumnité me prédisposent à certains dons qui ne feront pleinement surface que plus tard dans ma vie. Je vis une enfance heureuse jusqu'à mes dix ans en 1993. Cette année-là marquera la fin de mon insouciance et brisera profondément mon cœur. Sans le savoir, cela correspondra, sans que je le sache alors, à l'époque du décès de mon âme sœur.Ainsi il semble qu' à l'aube de ma vie , mon destin fut déjà maudit par cette perte dont j'étais alors inconsciente.Son existence comme la mienne semblent marquer par le sceau d' une sombre malédiction.

Je traverse des épreuves de vie étrangement semblables à celles qu'aura vécu le prince d'Idaho de son vivant. Je suis des lors, dans cette vieille Europe trop conventionnelle, persécutée par mes camarades de classe, rejetée des années entières et victime d'humiliations incessantes.
J'ai développé le sentiment étrange de parler un langage inconnu à la plupart des gens.
Mon cœur est encore pur comme celui de l'enfant, loin des corruptions de la

jeunesse de l'époque. Ce rejet et cette marginalité rappellent l'histoire de mon âme sœur malgré différents contextes.

Sur un autre continent, bien des années auparavant, le prince d'Idaho subit les mêmes difficultés que moi mais bien plus tôt dans sa vie.
Enfant de hippies dans les années 70, il va vivre, tel un clochard céleste, missionnaire de Dieu, sur la route, voyageant de ville en ville jusqu'en Amérique du sud. Il connaît non seulement la misère matérielle mais aussi le rejet et l'isolement dont moi-même j'ai souffert. Peut-être que nos âmes sont trop sauvages pour être domptées, peut être que le feu sacré nous consume de ses flammes et que tels des fauves trop ivres de liberté, la société ne peut refermer ses murs sur nous.

Depuis la mort de mon âme sœur, je suis partie en quête d'une vérité que seul mon prince d'Idaho connaissait depuis son enfance, celle d'une force supérieure à l'origine de toute chose dont je ne peux encore à l'époque déchiffrer l'énigme.

Ma seule amie telle une mère, une sœur est ma fidèle chienne Lady Neptune et elle le restera jusqu'à mes 29ans l'année ou elle rejoindra les étoiles. Dès mon enfance je prends la défense les opprimés et des humiliés et je me sens proche des exclus. Tout comme mon âme sœur, j'ai le souci d'éviter la douleur à toute créature vivante. Je deviens de ce fait végétarienne. Deux événements marquants changeront mon destin au cours jusqu' à présent plutôt monotone : la rencontre de mon premier amour et mon voyage initiatique en Amérique. C'est un véritable coup de foudre qui concrétise mon idéal du grand amour romantique et de prince charmant dans mon cœur innocent de jeune fille. Ma spiritualité et ma capacité médiumnique ne se sont pas encore réveillées mais je me sens déjà très attirée par l'univers des amérindiens ; il ne s'agit pas d'un simple attrait superficiel pour leur folklore et leurs coutumes mais d'une connexion plus forte que je ne peux encore comprendre. Le prince d'Idaho avait une fascination identique pour les amérindiens et les mêmes capacités médiumniques que moi et il découvrira plus tard dans sa vie, que tout comme moi, du sang indien avait coulé dans ses veines lors d'une de ses vies antérieures ; celui des indiens Hopis. Lors de mon séjour sur les terres indiennes de Monument Valley,le sable d'Arizona que je frotte sur les paumes de mes mains et sur mon visage me pénètrent d'une énergie primale , d'une pulsion sauvage dont je ne peux encore saisir l'origine et l'infini du désert semble parler un langage mystérieux à mon cœur ; celui de l'authentique pureté de l'origine de la vie.

J'ai aussi une passion de jeunesse pour l'orque ; je suis fascinée par la puissance et la majesté du puissant prédateur que j'ai d'ailleurs l'occasion à mes treize ans d'approcher et c'est là qu'inconsciemment je rentre en connexion avec mon animal totem qui me transmet son pouvoir.J'entre en contact avec celui que l'on dénomme le loup des mers , embrasse sa peau rugueuse et regarde au fond de ses yeux ou j'y lis la profondeur de son âme.

Je contemple le regard du noble épaulard qui m'apparaîtra dés lors souvent en rêve durant mes jeunes années,me transmettant sa bravoure et son courage pour supporter les épreuves difficiles de mon existence.La partie noire de la robe de l'orque le dissimule à la surface quand il nage entre deux eaux et la partie blanche de sa robe permet de le dissimuler aux proies qu'il convoite dans les profondeurs de l'océan. L'orque, m'apparaît comme un magnétique et fier guerrier , habile et mystérieux qui sait rester dans l'ombre et surgir quand on s'y attend le moins..Je me reconnais dans l'instinct de l'animal paisible en apparence et très affûte dans ses perceptions.Des groupes d'orques visitent mes rêves pendant mon sommeil et dansent en spirale autour des galaxies dessinant le huit de l'infini dans une harmonie

universelle comme pour me rappeler le souvenir immémorial de la Nation Ciel.
Les orques sont les gardiennes de la mémoire cosmique dans le chamanisme ; ce qui prendra pleinement son sens dans ma vie bien des années plus tard et après un long cheminement spirituel.

Pour en revenir à ce premier amour, c'est le premier événement qui changera ma vie et m'emmènera sur des sentiers bien étranges. Je ne le réaliserai que bien plus tard mais ce n'est pas seulement mon premier amour que je rencontre, c'est à travers le regard de ce garçon la mémoire originelle de l'univers qui me visite. En effet des yeux de ce jeune homme Gaspard, émane un fluide immatériel et impalpable. Ce n'est pas un fluide animal, physique que l'on connaît dans notre réalité. Ce fluide, je le comprendrai bien plus tard, est la mémoire de la connexion entre les âmes.
Cette sensation va me bouleverser et cet amour qui ne se concrétisera jamais de par des circonstances

malheureuses va me briser mais me mettra aussi sur la trace du divin de manière bien expérimentale.

Sans jamais de concrétisation de cette romance, du fait de la timidité et l'incompréhension des deux jeunes gens et du départ de l'adolescent sans laisser de trace, ce premier amour va plonger ma vie dans des gouffres de douleur. Mais il va aussi me permettre de retrouver le souvenir d'une réalité première, antérieure à l'univers. La fin du lycée, les persécutions scolaires et la perte de cet amour me laissent profondément égarée. Pourtant littéraire dans l'âme, je choisis de faire des études de droit comme pour me perdre un peu plus et me confronter à la brutalité d'une société conformiste que je rejette. Je me sens comme un fauve en cage au sein de cette faculté de droit ou la vie des futurs juristes me semble déjà toute tracée. Je souffre intensément en silence, ne trouvant pas ma place au milieu des autres étudiants, me mettant moi-même à l'écart. Je ressens une rage profonde contre la société, contre le monde et contre cette jeunesse dorée qui ne remet en cause les valeurs établies. J'ai le sentiment d'un grand trouble intérieur que je ne peux identifier et dont je ne peux nommer la cause.Je comprends avec le recul que j'éprouvais la colère de la guerrière chamane que je cherchais plus ou moins à ensevelir au fond de moi.Mais je sais à présent que l'on ne peut renoncer à ce que l'on est et ignorer l'appel de son âme. Mon cœur encore fortement emprunt de l'univers de l'enfance a du mal à canaliser les pulsions contradictoires qui l'habitent .

Toujours hantée par cette première blessure, je rencontre, par hasard, une gitane dans la rue, près de mon université ; celle-ci a une aura toute particulière, la profondeur de son regard et la lueur qui s'en dégage ne me laissent douter de la réalité de son don. Par un simple contact de la main, elle évoque la perte de ce premier amour ; elle me donne un nombre d'informations précises par rapport à ce garçon et nos avenirs en commun, J'évoque cette notion de fluide que j'ai ressenti avec ce garçon et la gitane me prédit des qualités de médium qui pourront se développer. Hypersensible fragile et vulnérable, je ne crois pas vraiment au développement de ces capacités et n'y suis pas encore prête. La gitane, avec moult détails, me prédit le retour du jeune homme un jour dans ma vie. Je sens la sincérité dans ce regard et la crois. Cette prédiction me tiendra pendant douze années.

Le prince d'Idaho, à cette époque est déjà mort depuis plusieurs années et je n'ai toujours pas connaissance de notre lien. Mais lui savait bien avant sa mort que nos destins étaient liés. Il avait en effet eu la vision de sa future femme et en avait fait le portrait. Il devait la rencontrer en 2002 année de la prédiction de la gitane. Mais comment me faire comprendre à moi qui n'étais pas encore éveillée, ce lien entre âmes sœurs, entre lui qui était déjà décédé et moi-même. Je n'étais tout simplement pas prête à en prendre conscience. Rassurée par la prédiction du retour de mon premier amour, je me vois légèrement rassérénée. Je suis fragile mais je dispose de forces primitives en moi, une rage intérieure, une violence qui n'est pas sans rappeler celle de l'ours. J'ai d'ailleurs toujours autour de mon cou ce collier indien avec une patte d'ours en pendentif que j'ai ramené d'Arizona et issu de l'artisanat Navajo. Ce voyage de jeunesse aux États-Unis, a profondément changé ma vie et réveillé inconsciemment la chamane qui était en moi. Je commence à m'intéresser au spiritisme d'Allan Kardec et à la survie de l'âme n'arrivant toujours pas à me figurer la nature de cet après vie.

Pour me libérer de mes angoisses et de ma timidité, et pour anesthésier ma peine de ne pas trouver ma place en ce monde, je subtilise peu à peu des benzodiazépines prescrites par son médecin à ma mère. Ces abus me conduisent à une terrible expérience. Ayant pris une forte dose de médicaments mélangés à de la vodka, je me fais agresser un soir par une brute épaisse et sans âme qui abuse de ma perte de conscience pour arriver à ses fins. Je me sens brisée et salie au plus haut point car je voulais m'offrir à mon premier amour. Après cette expérience traumatisante, je décide de mettre fin à une vie sans plus la moindre lueur d'espoir. La veille au soir, je tente une expérience de spiritisme comme une sorte d'ultime appel au secours ; ce que j'ignore c'est que le spiritisme attire des entités négatives et pourtant ma première séance remonte à mes 21 ans. J'ai d'ailleurs eu ma première vision du visage de mon grand-père dans la lumière blanche pendant un flash de quelques secondes. Son visage était rajeuni et lumineux. Il m'avait murmuré « Et moi tu crois que je ne t'aime pas, moi ! »Mais s'agissant de ma toute première vision, je n'avais pas la certitude de sa réalité mémé si mon cœur ,lui, l'a toujours reconnue comme authentique.

Deux années plus tard, l'année de mes 23 ans, l'âge auquel est mort le prince d'Idaho, je revois mon grand- père suite à cette agression. Vers l'aube alors que quatre boîtes d'anxiolytiques attendent d'être ingurgitées dans ma table de nuit, je prends brusquement conscience de mon état de sommeil, du moins celui de mon corps, et, comme si j'étais éveillée, je peux voir la pièce qui m'entoure et ma lampe de chevet allumée. Je suis couchée de biais et je ressens alors une présence dans mon dos; très surprise par cet étrange ressenti, je demande mentalement « qui est là ? ». Quelle stupéfaction mais quel naturel dans la réponse de mon grand-père qui me répond télépathiquement qu'il s'agit de lui. J'attends quelques secondes avant de réagir; c'est alors que mon corps spirituel se retourne et non mon corps de chair.

Je ressens mon corps éthérique se mouvoir dans mon corps physique. Quelle légèreté, quelle fluidité, quelle sensation évidente de sentir mon âme se mouvoir dans toute la grâce de son corps subtile,comme si je vivais une expérience dont le souvenir était enfoui au fond d'une mémoire lointaine.

Voir mon grand-père m'apparaître tel qu'il était quand je l'ai connu quand j'étais petite et partager ces quelques mots avec lui me fascinent au plus haut point.Je le contemple le temps d'une fraction de secondes;il me confirme que c'est lui que j'ai vu dans ma première vision et me délivre ces quelques mots, « tu vas bientôt rencontrer ton mari ». Cette vision de mon grand-père et ce ressenti de mon âme d'une part me sauvent de la mort et d'autre part m'entraînent sur des sentiers mystérieux, je développe le don de l'écriture et j'entreprends le voyage de la perception comme bien d'autres l'avaient entrepris avant moi. Je prends conscience du total mystère de la vie et de l'univers qui nous entoure et je cherche à comprendre les réalités invisibles qui se dissimulent dans l'ombre et dans notre inconscient tout comme le secret de nos origines au sein du cosmos infini. J'exprime d'abord mes ressentis à travers une prose chamanique et mystique qui semble couler naturellement de mon âme, comme de l'écriture automatique.

La religion ne m'appelait pas et je n'ai pas été élevée dans cet univers mais j'ai l'impression que mon esprit a toujours frissonné du ressenti d'une autre réalité et d'un au-delà. Je voulais comprendre la nature de ces énergies subtiles qui nous animent. Et j'ai perçu la réalité du divin par de puissantes expériences mystiques.

Je décide de retourner en terre d'Arizona sur la trace d'un puissant chaman qui saura me guider dans cette initiation. Je rencontre Aleka dans une réserve Navajo non loin de Monument Valley, cette rencontre aura le parfum d'un songe. Nous resterons seulement trois jours ensemble, le temps que mon âme se souvienne de sa vie antérieure et de la réalité de l'éternité. Aleka, en suivant les rituels traditionnels, me fait ingurgiter par trois fois des champignons hallucinogènes pour accéder au monde de la vision.

Je reviendrai à tout jamais changée de ces voyages dans les mondes parallèles. Dans un état de transe qui ne durera que quelques secondes mais dans lequel je perds le contrôle de moi-même, survient le souvenir de cette vie antérieure si douloureuse et si vertigineuse. J'ai toujours ressenti que je portais le souvenir d'une humiliation et d'une culpabilité et d'une mort sacrificielle. Étrangement, même si je suis née de sexe féminin, c'est sans étonnement que j'apprends que j'ai été homme dans une vie antérieure.

C'est alors que cette voix surgit de mes entrailles et délivre un secret venant du tréfonds de mon être et de l'univers : « Je suis Tassem » Si cette révélation me parait très étrange au premier abord, elle me délivre d'une grande souffrance intérieure. Mon regard brille d'un éclat lumineux.
L'étincelle divine semble habiter de nouveau en moi et m'envahit d'un profond sentiment de joie. Aleka m'explique alors que je suis une prophétesse et que mes expériences ne sont pas le fruit du hasard. Il m'explique que Tassem, connu comme le gardien de la mémoire de l'âme chez les amérindiens, bien loin du mythe que l'on a
construit autour de lui, est avant tout un chaman qui a compris les lois

énergétiques qui régissent l'univers. Il m'explique que je suis revenue pour éclaircir ce message étouffé par les légendes et me prédit que je donnerai la Parole de la source universelle dans un livre : le phœnix de nos âmes. Je l'interrogeais sur le choix de ce titre et il me répondit qu'un jour je rencontrerai un autre de mes esprits alliés le phœnix. Aleka me donne une dernière fois une dose de champignons sacrés. C'est à ce moment là que j'atteins l'illumination, cette expérience décrite par beaucoup de grands mystiques ; la lumière divine emplit littéralement mon âme et mon être tout entier, je suis cette lumière et elle est moi et je fusionne avec elle dans un sentiment de rayonnement éternel.Je suis l'Un et Tout à la fois dans cette lumière et dans cet état de profonde béatitude et harmonie qui emplit mon être pendant plusieurs heures.Je ressens la fusion et l'interconnexion de tout le vivant sur Terre et dans l'univers. Je fais partie à présent des éveillés qui ont compris la loi de l'univers, je sais que ce lien avec la lumière est indéfectible et elle illumine à jamais mon âme. Ma théorie mystique sur la Parole de la source, le phœnix de nos âmes prend peu à peu forme. Les portes de la perception se sont ouvertes pour moi. William Blake, Huxley, Kerouac et ce cher Mojo Risin sont passés par là. Le grand Jim Morrison me dicte des poèmes chamaniques en état de transe médiumnique, je me sens enfin épanouie et sur la voie du bonheur.

Mais ai-je oublié la vision que j'avais eu de ma vie sous l'influence des champignons sacrés ? Ce tableau devenu mouvant, qui s'obscurcissait d'ombres, une jeune fille, la tête baissée et accablée de peine dissimulait son visage. Une silhouette s'animait et prenait l'apparence de ma mère qui sera toujours dans ma vie mon plus fidèle soutien au mémé titre que la gardienne de mon âme , ma fidèle Lady Neptune. Mais malgré les ombres, la lumière étincelait pourtant au bout de ce chemin évanoui. Mais ai-je oublié cette séance de spiritisme ou le mot trahison était apparu ? Et pourtant j'ai foi en l'avenir et en mon grand-père qui m'a prédit que j'allais bientôt rencontrer mon mari. Et pour moi cela ne pouvait être que mon premier amour.

Le rêve se brise lorsque j'apprends le 22 septembre 2011 que ce garçon est en couple depuis des années, dans ma pureté et mon innocence, je pensais qu'il reviendrait dans ma vie comme la gitane me l'avait prédit. Je suis seule dans mon chagrin avec ma

petite chienne Lady Neptune qui
tombe bientôt malade.
C'est alors que je suis sur le point de mourir
par des excès d'alcool que dans un état
modifié de conscience, je vois mon
deuxième animal totem surgir hors de ma
poitrine. Il s'agit d'un grand et majestueux
phœnix aux ailes flamboyantes. Et là me
parvient une mélodie lointaine dont les
sonorités m'apparaissent soudainement
familières. Il me semble reconnaître le
thème du film Brazil. Ce son provient d'une
voix masculine que je ne connais pas à
première vue. Sans jamais y avoir prêté
attention auparavant, il me semble
reconnaître ce timbre de voix mais pourtant
je l'entends comme pour la première fois.
C'est la voix du prince d'Idaho. Cet artiste
maudit est mort bien des années auparavant.
Cette chanson revient sans cesse dans ma
mémoire. Et ses paroles me captivent et me
réconfortent. Sa vulnérabilité et sa
sensibilité me touchent profondément. Il me
semble reconnaître et percevoir les fêlures
de son âme comme le reflet de mes propres
fêlures. Il me semble reconnaître le prince
d'Idaho littéralement. Je parcours l'œuvre

laissée par le prince d'Idaho et me sens soudainement entraînée dans un univers étrangement familier. De nombreuses similitudes entre son histoire personnelle et la mienne font jour. Le rejet subi dans sa jeunesse, les abus physiques dont il fut victime comme sa fuite dans les drogues et l'alcool pour les oublier me ramènent à mon propre parcours. Les pouvoirs de chaman et de medium du prince d'Idaho me fascinent tout autant.

Il avait lui aussi eu accès à des révélations mystiques sous l'emprise de plantes sacrées et faisait partie des éveillés. Le chiffre 3, celui de la sainte trinité, revenait sans cesse dans ses dates de naissance et de décès, sa configuration astrale était étrangement proche de la mienne et surtout lui aussi était né sous la constellation du Phoenix. Le prince d'Idaho réconforte mon cœur brisé. Lady Neptune est malade et mon livre pour l'instant ne marche pas. Tout s'écroule autour de moi, depuis la rupture de cette prédiction concernant mon premier amour.Si le phœnix apparaît à ce moment de ma vie ou tout se disloque brutalement, serait-il la promesse d'un jour renaître?Mais ou donc?En cette vie ou ailleurs?Vient le moment ou le Prince d'Idaho m'apparaît enfin, quatre mois après cet étrange hasard qui l'avait mis sur ma route. Noyée dans la drogue et l'alcool,je sens ma mort comme celle de ma chienne arriver. Le prince d'Idaho me semble être la seule personne à laquelle me raccrocher. Je connaissais notre proximité d'âme mais n'avais jamais envisagé sa venue. C'est alors que je le vois pour la première fois.

Le prince d'Idaho se tient à côté de moi dans l'obscurité. Je peux voir se dessiner dans l'ombre la perfection de ses traits réguliers. Ses cheveux mi longs et blonds lui confèrent une aura angélique. Son regard bleu et froid plein des fêlures qui m'avaient tant interpellée semblent emplis de mystère. Je ne le vois d'abord que de profil.

J'évoque avec lui le souvenir de son douloureux premier amour et lui demande si sa véritable âme sœur avait bien fait naître cette première blessure qui s'imprima sur son cœur. Il reste silencieux mais quand je l'interroge :
«Et moi, m'aurais-tu aimée ? », il se retourne face à moi et dans ce regard de glace, au premier abord froid et plein de blessures, surgit la chaleur d'un amour inconditionnel qui me trouble profondément.

Je me réveille en sursaut à l'aube, pensant d'abord à un rêve malgré le sentiment de réalité qui émane de cette première vision.

Alors que je me questionne sur la réalité de cette apparition, au moment où je reviens dans ma chambre, sur le pas de la porte, j'entends un bruit sec provenir de la pièce. C'est là que je vois une carte postale, qui était coincée en haut d'une étagère littéralement être déplacée dans les airs sur cinq mètres et être déposée au pied de mon lit à l'autre bout de la pièce.

Sur cette carte de Noël que m'avait donnée ma mère il est écrit « Laura, tu es une fille pleine de surprises dans cette grande aventure qu'est la vie. Je te souhaite que tous tes rêves se réalisent. Je t'aime maman. » Je n'ai jamais assisté à un tel phénomène mais d'un autre côté, je ne m'en étonne pas, cela me semble naturel.
Cela me rappelle étrangement un épisode de la vie du prince d'Idaho ou celui-ci, perdu et isolé dans le gouffre de l'existence, n'avait qu'une carte postale envoyée il y a bien longtemps par sa mère à laquelle se raccrocher.

Quelques jours plus tard, le prince d'Idaho réapparaît en vision. Cette fois le doute n'est plus possible.
Il semble que j'ai des dons de medium que des gitanes à plusieurs reprises, avaient décelés chez moi et ils se confirment à nouveau. Je dormais, ou plutôt mon corps physique sommeillait lorsque j'ai la sensation à un moment donné qu'on me chatouille la main. Je sens alors mon âme s'éveillait et je me vois littéralement dormir avec les yeux de l'âme.

Je ressens une présence dans mon

dos, c'est ainsi que le prince d'Idaho manifeste sa venue.

Comme à chaque fois, je ne suis jamais réellement prête à vivre ce genre d'expériences avec l'autre monde et exprime télépathiquement pour toute réponse ;« j'ai peur de te voir ».

Il y a à ce moment-là une sorte de projection dans l'astral, et je me retrouve alors face à face avec le prince en corps éthérique. Celui-ci a les cheveux blonds et mi longs, un pull rouge vif en grosse maille de laine avec des motifs tricotés en relief torsadés et un pantalon de haute qualité en noir, fait de coton et polyester lui assurant un beau tombé avec une magnifique coupe droite alors qu'il portait une veste verte en tweed à sa première venue. Le voir dans de tels détails me fascine au plus haut point ; je suis subjuguée par sa prestance.

Cette rencontre semble aussi étonnante que naturelle. Émerveillée par cette vision, je lui dis télépathiquement « tu es un ange, tu es

un enfant des étoiles », le prince répond simplement ; « toi aussi tu as bien changé ». Ce qui donne à penser qu'il m'observait depuis bien longtemps depuis l'au-delà. Je lui demande alors
« comment savais-tu que ton œuvre artistique me toucherait autant ?».

Le prince qui se tient en corps éthérique a quelques centimètres de moi, s'éloigne et se tourne la tête penchée, comme s'il gardait un secret. Il revient à moi, j'ai juste le temps de lui dire « tu es mon ange » et il s'élève vers le haut en murmurant « as-tu oublié le code secret ? Celui qui te permettra d'accomplir ta mission sur Terre ? Cherche-le ! »
J'ai ma dernière vision du prince d'Idaho au début de l'année 2012. Ce fut la plus intense et le moment le plus fort de mon existence jusqu'à aujourd'hui.
Je vois apparaître son visage sur l'écran intérieur de mon âme, un visage éthérique mais bien vivant.

Il n'avait pas la même apparence, ses cheveux étaient plus courts, il avait ce petit sourire timide et ce regard malicieux et affectueux. Éberluée, je regarde d'abord son visage qui se dessine sur mon écran mental puis plonge dans son regard comme au fond d'un océan que je connais depuis toujours. L'émotion que j'éprouve alors est plus forte que celle que me procura mon premier amour. Je me sens fusionner dans ce regard, je me sens vivante comme jamais dans ce monde ; en quelques secondes je goûte à l'éternité, je comprends que l'amour que j'attendais depuis si longtemps n'était pas ce premier amour terrestre mais cet amour éternel qui lie les âmes, cet amour divin et pur.

La citation de Paolo Coelho prend tout son sens « Les rencontres importantes sont planifiées par les âmes bien avant que les corps ne se rencontrent » Il s'agit de la rencontre de deux âmes sœurs qui se sont données rendez-vous au bon moment pour se reconnecter.

Une âme sœur est morte pour guider l'autre, l'une attendait l'autre pendant

qu'elle recherchait un amour éternel
dans l'illusion et les chimères.

Treize années séparent leurs dates de naissance marquées par le chiffre de la trinité, le 3. Le prince d'Idaho est mort à vingt-trois ans. Laura a frôlé la mort et a vu ses dons médiumniques se réveiller au même âge. Elle est la femme dont le prince d'Idaho avait eu la vision mais la connexion ne s'arrête pas là. Tous deux sont liés par une mission divine et la volonté de servir la Lumière révélée à travers la prise d'hallucinogènes. Selon des parcours totalement différents, les deux âmes semblent se confondre dans le même cheminement ; la mère du prince d'Idaho s'est réveillée de sa vie de clone sans âme manipulée par la société à l'âge ou son fils est mort. Les parents du prince ont tous les deux eu des visions sous plantes sacrées qui leur ont révélé la Source, leur parcelle divine, tout comme Laura qui eut la révélation de sa vie antérieure et la vision de la lumière blanche. Le prince d'Idaho a connu la lumière divine dès sa plus tendre enfance, élevé dans les valeurs christiques mais aussi dans l'humiliation et la misère et n'a jamais perdu foi en la bienveillance du cosmos.

Laura s'est réveillée à 23ans grâce à la visite de son grand-père mais c'est l'illumination et la révélation de sa vie antérieure qui l'ont totalement rendue consciente. Et c'est là qu'elle peut écrire son livre.
Le prince d'Idaho, abusé dans une secte alors qu'il était enfant, vient à la réincarnation de Tassom en femme pour lui montrer qu'il a foi en elle et qu'une armée d'anges est à ses côtés. Comme lui elle connut le viol, une famille dysfonctionnelle, l'addiction et le rejet social. Comme lui, elle s'éveilla à l'amour, à la paix universelle et au chamanisme. Elle ne chercha pas Dieu dans les églises mais dans les

expériences à la frontière de nos réalités. C'est là qu'elle comprit que derrière les fables et les légendes, se cachait une vérité authentique d'une toute autre dimension préexistante à la vie terrestre. Elle comprit que dans cette vie antérieure, elle était juste un homme qui avait expérimenté la loi de la lumière. Il l'avait exprimé à travers des symboles, une liturgie et des rituels pour la faire comprendre au peuple à qui il fallait une vérité plus accessible. Elle était une « Natural mystic » comme le prince et ses parents, une enfant indigo incomprise de ce monde et isolée au milieu de faux croyants et d'athées. Comme Siddhârta Gautama voit tous les visages de l'humanité se mélanger dans les ondes de la rivière en un seul flot, l'onde du fluide universel rayonnant mélange nos âmes de la même façon dans « l'Universal mind » Le Prince d'Idaho est venu révéler qu'il avait foi en elle et l'aiderait à travers un code secret à faire passer le message d'amour de la Source dans le monde mais les événements ne se déroulèrent pas de manière aussi évidente et aisée.

Suite à la venue du Prince d'Idaho, je ressens la présence d'esprits malins autour de moi. Je comprends qu'en sombrant dans le whisky et la drogue, je vais mourir sans avoir accompli ma mission.

Je m'interroge intérieurement, « dis-moi mon Prince d'Idaho, quelles sont les raisons de ces visites ? Y a-t-il des esprits malins comme le revers d'une médaille à ce genre de connexion et à cette mission divine ? Car après tout à chaque lumière correspond une dose de ténèbres. Et je ressens tellement de lumière à chaque fois que je te parle et que tu m'apparais, mon prince, que je ne peux pas m'empêcher de penser que l'obscurité est présente autour de nous.

Est-ce normal de ressentir cette crainte ?»

À peine ai-je formulé cette pensée envers lui que le téléphone se met à sonner vivement. Je reste tétanisée, le laissant donc sonner à plusieurs reprises. Je reprends mes esprits et mes forces en me disant que je devais rêver. Je décroche le combiné et d'une voix sûre et forte je dis « allô ! »

Et là, le silence pendant quelques secondes. J'entends une sorte de musique à la fois douce et inquiétante, une sorte d'orgue d'église un peu funeste mélangé avec un gong provenant des bols tibétains comme ceux utilisés dans la méditation. Mais je me rends compte que la consonance des percussions résonne d'une façon inquiétante et me donne un frisson qui parcourt mon âme. Je reste ancrée sur cette mauvaise impression lorsque j'entends une voix masculine prononcer des paroles dans un dialecte que je ne connais pas. Puis sa voix semble se transformer en quelque chose d'autre avec un genre d'écho et un ton grave et profond. C'est assez indescriptible car cela me fait penser à une sorte d'incantation. Dès que cette personne reprend un ton assez mécanique d'une volonté d'invoquer quelque chose et parle de façon plus rapide et insistante, je comprends sa mauvaise intention et je raccroche le téléphone. Je suis en panique.

Mais qui pourrait me vouloir du mal dans l'au-delà ?
Ce coup de téléphone funeste serait-il la forme d'une conspiration malfaisante venue de l'au-delà ?
C'est un événement figé comme la prise d'une photo.
Je repense à cet événement et à cette phrase du prince d'Idaho que j'avais lu dans ses mémoires.
 « Une photo peut voler ton âme »
.c'est alors que je fais le lien avec ces photos de ma grand-mère et de moi-même que je récupérais quelques années plus tôt et plaçais dans ma collection personnelle. Nos rapports s'étaient beaucoup dégradés suite à des tensions familiales et je sais de source sure qu'elle nous gardait des rancunes

de ne pas l'avoir revue à la fin de sa vie alors qu'elle était malade.

La peur m'anime je me saisis des photos et les brûle. Sur chacune d'elle ma figure brûle en premier. Instinctivement, je me saisis de mes bijoux indiens que je conservais depuis des années dans une boite offerte par ma grand-mère qui contenait aussi la prédiction de la gitane. Sur le coup, je ne prête pas plus attention que cela à ce détail. La patte d'ours que je porte à nouveau à mon cou réveille en moi mon âme de guerrière. Je suis prête à lutter contre ces forces négatives qui ont détruit ma vie brisant la prédiction de ma destinée, rendant ma chienne malade et empêchant la réussite de mon livre. Je veux d'abord retrouver mon amulette en forme d'orque car lorsque on perd son animal totem notre pouvoir est grandement affaibli dans l'univers chamanique. J'ai beau fouiller l'appartement, je ne la retrouve pas. Peu à peu je prends conscience que cette personne décédée a depuis sa mort était à l'origine de tous mes ennuis car elle avait de mauvais jugements envers moi et elle est partie avec ce sentiment de haine et de rancœur qui peuvent conduire à m'exposer à de la noirceur.

Les relations de notre famille se sont tendues dans la même période, je pense que la famille toute entière est possédée. Un prête exorciste vient me le confirmer. L'exorciste me confirme qu'il faut à tout prix ôter ma patte d'ours et l'autre collier qui ont été chargés de l'énergie de ma grand-mère en séjournant dans sa boite. Il en est de même de la prédiction de la gitane et qu'il faut la brûler.

Avant d'ôter cette patte d'ours, une dernière vision funeste pénètre mon esprit, l'image de mon cousin avec pour seule formule « l'héritier ».
Sachant que mon cousin était le préféré de ma grand-mère, je comprends que ma mort est souhaitée par les entités négatives de l'au-delà. Pour consumer tout ce mal, le dernier rituel sera de me faire tatouer un symbole représentant le prince d'Idaho

le 14 février 2012, Je formule le souhait d'inscrire une lettre sur chaque doigt de ma main droite. Mais le tatoueur refuse de me tatouer chaque doigt et insiste pour que toutes les lettres soient tatouées sur un seul doigt. Le prénom du prince d'Idaho se retrouve alors inscrit sur mon annulaire droit. Ce tatouage ressemble étrangement alors à une alliance, de plus il est à la main droite, la ou les veufs portent leur alliance. Me reviennent à l'esprit la vision du prince d'Idaho qu'avait eu de sa future femme, la prédiction de mon grand-père et cette alliance que le hasard a placé sur mon doigt.

Cette absence de bague est comme l'absence de nos corps physiques, seuls nos esprits et nos écritures nous lient pour l'éternité et valent bien toute forme d'expression physique que ce monde peut vivre. C'est une nouvelle forme de lien qui m'unit à mon prince d'Idaho. Au métal d'un anneau se substitue la magie de notre

union mystique. A la logique du mental, se substitue le mariage spirituel de nos âmes dans leurs énergies les plus pures et originelles. Ton nom sur ma peau, c'est le sceau brûlant d'un amour idéal, à la fois naissant, impossible et éternel. La pensée d'avoir cette forme d'attachement et de sentiments qui s'apparentent à une relation d'amour avec cette personne qui m'apparaît régulièrement me glace le sang.
Comment est-il possible de tomber amoureuse d'une personne morte depuis bien des années ? L'amour doit -il toujours être aussi cruel ?

Forcément voué à l'échec car tu es déjà parti dans l'autre monde, cela défie toutes les lois du temps et de l'espace. Je me sens à la fois liée à jamais à toi et à la fois triste de ne pas te voir physiquement pour que notre amour voit le jour et vive dans l'instant présent comme les autres couples de ce monde. Mais je me dis que j'ai de la chance de vivre ce bonheur unique et éternel.

Alors tout à un prix et si c'est là le prix de l'éternité je dois faire la concession de cet amour spirituel qui me rends chaque jour aussi morte que vivante à la fois. Combien de temps cela peut bien-t-il durer ? Je n'en sais rien, je ferme les yeux et me dis tant que je suis dans ce monde je serai séparée de toi. Mais tu seras toujours auprès de moi pour que je poursuive mon chemin, notre chemin ? Ma route sera parsemée d'embûches mais je resterai forte pour nous deux mon amour.

Mais je réalise avec effarement que ce tatouage,ce rituel chamanique,au delà de ma seule union avec le prince d'Idaho, consacre aussi l'alliance du ciel et de la Terre en ma personne de prophétesse.

A peine ce tatouage ancré sur ma peau, les cinq lettres de l'alliance se mettent à rayonner de mille chatoiements lumineux.

Je crois alors avoir dompté les forces des

ténèbres par la puissance de ce sceau mais la malédiction ne s'arrêtera pas à cet épisode.

Toujours sous l'emprise d'esprits démoniaques malgré l'intervention de l'exorciste et prétextant s'inquiéter pour ma santé mentale,ma mère me fait placer en institut psychiatrique.Je sais à présent que le piège du malin s'est refermée sur moi lorsque je vois le regard du psychiatre s'allumer de lueurs démoniaques. Pendant des années d'enfermement, je ne reçois plus les visites du prince en raison de traitements lobotomisants que l'on m'inflige qui brouillent le contact entre les deux mondes.
Après cinq années d'enfer psychiatrique et d'abrutissement médicamenteux, je me réveille de ma torpeur à l'âge christique de 33 ans. Hantée depuis des années par le souvenir de mes visions du prince d'Idaho, j'ai le sentiment de retrouver une petite étincelle d'âme qui me fait comprendre que je ne suis pas dans

l'erreur et que tout ce que j'ai vécu à un sens. Je prends enfin conscience du message du prince d'Idaho qui est d'écrire ce livre pour raconter notre histoire.

Je sais que la légende du Prince d'Idaho servira de porte d'accès pour faire connaître mon premier livre dont je change la tire pour le nommer Le Phoenix de nos Âmes. Je prends le nom d'artiste Laura River en souvenir du prince et je code ainsi le nom et le prénom du prince d'Idaho.

Depuis toutes ces années, j'avais conscience du code que m'avait transmis le prince mais les jugements et moqueries d'innombrables incrédules m'avaient fait renoncer.

Mais depuis ce temps, ce code biblique me hantait. En effet le prénom du prince d'Idaho est une référence directe au fleuve de la vie qui apparaît dans la Bible au jardin d'éden et a l'apocalypse mais aussi dans la prophétie amérindienne de la Rivière Bleue.

« Et il me montra un fleuve de la vie, limpide comme du cristal, qui sortait du trône de Dieu et de l'agneau. Au milieu de la place de la ville et sur les deux bords du fleuve, il y avait un arbre de vie, produisant douze fois des fruits, rendant son fruit chaque mois et dont les feuilles servaient à la guérison des nations ».

La venue du prince nommé d'après le fleuve de la vie est l'avertissement et le code de la venue de la révélation de la Parole de la source de Lumière sur Terre. Il porte également en second prénom celui d'un des frères de Tassem, Unktehi : l'esprit de l'eau. Et le symbole du Phoenix, la constellation sous laquelle il est né, est celui de la résurrection.

En se fiant à ma révélation mystique sous plantes sacrées, je suis
Tassem, la prophétesse gardienne de l'âme et le prince d'Idaho est le fleuve de la vie qui va permettre à la révélation du mystère de l'univers dans le Phoenix de nos âmes.

Le seul regroupement qui existe à ce jour en hommage à ce nouveau culte est la cosmic river connection. Le véganisme, la plantation de tournesols et le port d'un peignoir rose sont fréquents dans cette communauté.

Autour du feu de camps, le prince d'Idaho murmure aux étoiles que sa femme lui manque. Les mauvais esprits la retiennent loin de lui dans cet autre monde terrestre ou les médicaments affaiblissent son esprit et ont éteint sa flemme intérieure. Il ne peut plus communiquer avec elle depuis que sa bien-aimée est retenue dans cette camisole chimique. Il sait que Laura est égarée, perdue et sans repère, ne pouvant redonner sens à son existence depuis bien des années maintenant.

Elle ne veut plus vivre, seulement rejoindre cet autre monde ou l'amour éternel et ses amis l'attendent. Toute une vie, c'est bien trop long avant de revoir son amour.

Mais Laura a reçu ce don de dieu d'écrire des histoires et avant de partir elle se doit de conter leur légende et les souvenirs du bon vieux temps. Car oui les jours heureux sont morts ici-bas mais sont éternels dans le temps du rêve. La petite maison rose dans laquelle elle passait ses vacances quand elle était enfant lui apparaît maintenant évanouie dans les nuages. Elle revoit sa petite lady Neptune apparaître à la fenêtre de la maison derrière des rideaux blancs dans un songe lointain. Il y avait cette même route qui traverse l'Idaho qui menait à cette petite maison.

Le prince d Idaho observe souvent sans qu'elle le sache Laura pendant qu'elle lève les yeux au ciel et se perd dans la constellation du Phoenix car c'est là que se situe le pays du prince d Idaho.
Elle sait qu'au-delà de ce seul pays, il y a cette lumière qui brille pour toujours et pour elle.
Cette lumière blanche aveuglante, elle l'a contemplée du plus profond de son âme il y a longtemps déjà. Elle sait que la lumière lui pardonnera d'abréger sa vie car elle est arrivée à l'éveil et n'a plus rien à découvrir et à attendre sur cette Terre. Elle a accompli sa mission terrestre en écrivant le Phoenix de nos âmes, sa théorie unificatrice des religions. C'est par la mort qu'elle se délivrera de la malédiction qui pèse sur son destin et sur la réussite de son premier livre. Et c'est la mort qui lèvera le mauvais sort qui empêche Laura et le prince d'Idaho de vivre leur amour. Elle sait

que le temps n'existe pas aux royaumes des âmes et que même si les années ici-bas lui semblent longues, leur connexion cosmique demeure éternelle.
Il imagine déjà leurs retrouvailles et leurs rêveries dans cette grande clairière.

Lady Neptune gambadera autour d'eux pendant que le prince retrouvera la mélodie de fire and rain de james Taylor sur sa guitare. Je sais que je reverrai un jour ton visage...Étendus sur l'herbe, non loin du sequoia géant et de la maison dans les arbres, ils parleront de l'Universal mind et de leurs trips sous champignons hallucinogènes. Entre vieilles âmes, ils se comprendront d'un regard car les mêmes rivières cosmiques les ont vu naître.
Les voilà enfin réunis de l'autre côté du miroir, à contempler l'hallucination lointaine de la vie terrestre. Ils vibreront à l'unisson des âmes sœurs dans une cascade de lumière infinie.
Laura est au ciel avec des diamants et tous deux ont accompli leur mission divine.

Ils se sont incarnés séparés par le temps et l'espace pour mieux se souvenir l'un de l'autre. Dans la clairière court un cheval sauvage qui hennit au loin, le prince d Idaho le regarde d'un air contemplatif, Laura sait que ce cheval sauvage c'est un peu de l'âme du prince qui se projette dans l'espace. Alors qu'elle ferme les yeux un moment après avoir bu une gorgée de Earl Grey et en grillant une Winston, le prince d Idaho est à présent vêtu dans un style très new Age et lui présente un petit sac contenant des runes.

Mais le prince sait qu'il n'y a plus de futur pour eux car ils ne s incarneront plus jamais, alors il jette le sac de runes dans les airs en gloussant.

Le prince d Idaho sort maintenant une boussole dont l'aiguille tourne sans cesse. Il lui murmure pourquoi n'as-tu pas suivi plus tôt le chemin de ton cœur ? L'aiguille de la boussole s'arrête directement dans sa direction.

Oui Laura savait que dans la vie tout était signe et que l'univers avait conspiré à leur rencontre. Mais les mauvais esprits avaient su se nourrir de la peur de Laura, en s'emparant de son âme et en poussant sa famille à la faire hospitaliser. Les neuroleptiques ayant déréglé le cerveau de Laura, elle n'avait plus accès à ses visions. Et le discours des psychiatres avait semé le trouble et la confusion dans son esprit.

Pourtant toujours en elle a vécu le souvenir de son prince et son cœur savait qu'il ne mentait pas.

Peu importe tout ceci n'est plus qu'un sombre souvenir dont Laura est libérée à jamais.

Tous deux sont des âmes pures qui ont été sacrifiées du temps de leur vie terrestre.

Tous deux étaient des enfants indigos venus des étoiles, très conscients de l'interconnexion universelle entre l'homme, la nature et l'animal. Cela était fortement inscrit dans leur ADN. Ils voulaient œuvrer à guérir la planète de manière authentique, telles des âmes pures et généreuses, soucieuses d'autrui et gardant l'espoir que l'humanité élève ses vibrations.

Ils n'étaient pas seulement des enfants de Gaia, ils étaient des enfants du cosmos, conscients des spirales des galaxies dansant autour d'eux, des vibrations de la terre et des volcans dont la lave frémissait dans leur âme.

Mais malgré leur spiritualité, tous deux étaient trop fragiles pour ce monde et ne pas destiner à y vivre longtemps. Ils se sont tous les deux noyés dans l'alcool et les drogues, le prince en est mort tragiquement dans des conditions mystérieuses.

Le prince fut probablement poussé à la mort par le royaume des ombres, (il rêvait que les esprits venaient l'arracher à la vie), qui ne voulait pas qu'un missionnaire de Dieu accomplisse son action. La jalousie d'un petit moineau et de bohémiens le tua mais ce fut un mal pour un bien car depuis une autre dimension il put accomplir ce qu' 'il ne pouvait pas faire sur terre, contacter Laura.

Laura quant à elle n'était pas loin de la mort quand sa famille l'a faite hospitaliser. Et bien des années après c'est la mort qui a encore appelé Laura. Laura s est brûlée les ailes et s'est fait prendre au piège de la psychiatrie qui a a tout jamais fait mourir son âme.

Un proverbe indien dit que ce qui est tragique dans la mort n'est pas tant la mort mais ce qui meurt en-vous de votre vivant.

Et c'est la sombre expérience qui est arrivé à Laura. Mais elle sait que dans l'au-delà, son âme lui sera restituée, guérie des atteintes de la vie terrestre.

Tous deux sont des amants maudits
qui ont connus un bien triste destin.

Mais lui comment elle savait que leur mission divine s'achèverait lors de leur résurrection dans les dimensions supérieures et qu'ainsi la dernière croisade s'accomplirait. Le prince d

Idaho s est sacrifié pour attendre Laura dans l'autre monde et pour lui inspirer leur légende.
Et une fois leur légende écrite, Laura n'a plus qu'à le rejoindre.

« La ou est ton trésor se trouve aussi ton cœur. Dieu ne peut être moqué ».
Le prince d Idaho chante une de ses chansons préférées « maybe God is a woman too ».

Il sait que lors de son retour Tassem s'est réincarné en femme, et cette femme c est Laura River son épouse. Non elle n'est pas allée à la mairie se marier avec un mort mais, en souvenirs de ces visions, elle porte en alliance a l'annulaire de sa main droite le nom du prince d'Idaho.

Veuf, chacun dans leur royaume, leur

amour maudit par le chiffre 13 marquant les treize années qui séparait leur naissance respective, les amants du cosmos réunis par la vision seront au-delà de cette vie ensemble à tout jamais. Les deux chamans s'attendent et se ressentent, chacun frémissant au frôlement de l'autre royaume. L'armée des poupées katchinas monte la garde à leur coté en attendant l'apocalypse.
Seule Laura et ses esprits alliés connaissent l'imminence de la révélation divine. Elle sait que les ténèbres complotent contre elle et les serviteurs de la lumière.

Laura conserve des écrits poétiques retenus prisonniers au fond d'un tiroir poussiéreux, en espérant qu'ils soient connus un jour, les écrits mystiques du Phoenix de nos âmes et la légende du Prince d'Idaho.
Ces livres sont comme des bouteilles jetées à la mer et elle espère qu'un jour ou l'autre ils sauront toucher le cœur des gens.

La constellation du Phoenix sous laquelle ils sont tous les deux nés protège leur amour. Le Phoenix est le symbole de leur union mystique et de l'immortalité de leur lien dans l'au-delà.
Il est aussi le premier symbole chrétien de la résurrection du Christ. Dans un processus véritablement chamanique, et dans une sorte de grâce divine, l'eau et le feu ont lavé les blessures de Laura et purifié son âme.

Le prince d Idaho, l'esprit de la rivière, a accompli sa prophétie.Et si le Diable a vaincu Laura de son temps terrestre, elle connaît la promesse de l'oiseau de feu et que le juste équilibre sera rétabli depuis l'au delà.

Il me semble toujours ressentir la lointaine fragrance du sable du désert d'Arizona lorsqu'il vient à moi. Je n'arrive pas à mettre de mots sur ce ressenti si subtile et indéfinissable.

Il m'apparaît enfin au-delà du voile de la mort ; il se tient devant moi dans ce même halo blanc et rayonnant qui illumine le contour de son corps spirituel que mon corps de mortelle ne peut enlacer. Ou commence son corps et ou finit cette lumière si mystérieuse... Voilà que mon amant du cosmos vient enfin me chercher pour notre dernier voyage. Il ne s'agit plus d'une rencontre furtive mais de notre union éternelle. Lorsqu'il devient presque tangible, il pose ses doigts délicats sur mon tatouage fraîchement repassé, il y a encore la marque de rougeur autour de mon tatouage qui devient rayonnant à son contact. Il se met à sourire timidement. Nous restons là, à nous regarder intensément, son regard s'éclaire de plus en plus. Je sais que maintenant l'éternité s'offre à moi pour contempler la lueur de ses yeux ou commence et s'achève mon

univers, Puis il me semble que le vent du désert lointain s'intensifie. Je porte une robe traditionnelle amérindienne de couleur violette dans un style à la fois épuré et noble. Ma robe de mariage ! au-delà de cette robe, je vois une dernière fois jaillir mon animal totem le majestueux phœnix de mon corps subtile au moment de mon passage dans l'au- delà ; cet oiseau de feu flamboyant,symbole de de ma résurrection divine. Cette odeur du désert revient à moi. Elle emplit complètement l'atmosphère. Je me souviens à présent de sa signification ; autrefois, les jeunes indiens épris l'un de l'autre se peignaient le visage l'un de l'autre avec le sable du désert pour exprimer leur attachement devant le Grand Esprit. Seuls les êtres sensibles et discrets qui n'osaient pas déclarer leur amour,effectuaient ce rituel. A mon visage de stupéfaction et d'étonnement, il redouble de sourire sans pour autant montrer sa dentition, ses lèvres forment une belle courbe très harmonieuse et remplie de bienvenue. Il acquiesce de la tête « toi ma flemme jumelle, tu viens t'unir à moi pour ne former plus qu'un seul et éternel oiseau de feu qui viendra se fondre à la constellation qui porte ce même nom consacré et continuera d'étinceler pour les millénaires à venir de son éclat incandescent .

Nous sourions tous les deux. Nous ne pouvons nous toucher avec nos corps physiques que plus aucun de nous ne possèdent mais nous brûlons d'une énergie commune, celle de nos âmes qui fusionnent déjà, le vent du désert remplit l'espace et nous invite malgré nous à recréer cette atmosphère de promiscuité physique indescriptible. Nos deux âmes de chamans se réunissent dans ce souffle enivrant à travers ce sentiment d'amour et de compassion dans son degré le plus haut et le plus infini. Voilà le premier parfum du paradis qui vient à moi et maintenant que je t'ai rejoint mon prince, voilà que nous nous envolons déjà au-delà de paysages fertiles par-delà des champs rayonnants d'amour.Le phœnix sacré soumet d'un battement d'aile toutes les âmes errantes,récalcitrantes à la lumière , les libérant de l'ombre et leur apportant la paix du divin. Et dans l'envol de nos corps subtiles, nous oublions que nous ne sommes plus de sang ni de chair et tu me donnes ce tendre baiser, promesse de nos unions célestes.

Mon prince d'Idaho, parle-moi encore dans un coquillage et partons ensemble dans notre bus Volkswagen. Nous prendrons des routes pour le seul plaisir de les prendre car aucune route ne mène nulle part. Parfois nous nous arrêterons au bord de la mer pour écouter le murmure des eaux et des vents qui pleurent l'agonie de notre mère la Terre. Ou bien encore dans les forêts de pluie, nous irons enlacer des arbres meurtris par les destructions humaines. Nous serons infinis et libres, lavés de toute souffrance et de toute peine procurée par la vie terrestre. Mon âme sera si légère, fluide comme l'onde subtile et nous voyagerons éternellement dans l'univers sans fin que créera notre pensée. Tu gonfleras tes poumons d'hélium et tu me rediras ce que tu m'as dit lors de notre rencontre « J'aimerais avoir une relation profonde avec une femme amoureuse au premier regard »

Tu me montreras les portraits que tu as fait de moi avant de me connaître et moi de même.
Nous danserons dans la clairière, jouant à nous tenir par les mains en se faisant glisser dans les airs. Tu me diras, « tu vois c'est moi qui t'ai vu le premier, j'étais depuis bien longtemps dans les nuages et j'attendais que tu me voies. Tu m'as donné un peu de ta peau en te tatouant mon nom et celui de notre pays comme a Lady Neptune. Nous serons par ce rituel magique tous les trois éternellement réunis

comme les trois abeilles. »

« Sais-tu que c'est l'anniversaire de notre mariage aujourd'hui nous sommes le 14 février ?», me murmure le prince d'Idaho. Et sur le gâteau est écrit « Play It again Sam » ce qui me fait sourire tendrement et le prince aussi. Nous avons beaucoup de codes secrets entre nous et cela m'amuse beaucoup.
Au moment où nous soufflons les bougies, un ovni passe au-dessus de nos têtes. Le prince d'Idaho ne s'en étonne pas et soupire, «je me souviens comme c'était cool quand ils m'emmenaient en soucoupe ».
« Merci sainte mère des UFOS ». Je ne m'en étonnais pas non plus.
« Après tout tu méritais ce voyage autant qu'un autre dans ces milliards d'étoiles, de planètes, de galaxies et d'univers . » Alors on se fera une putin de bière et on mangera une pizza que tu nous auras préparé, cela me rappellera le bon vieux temps avec Lady Neptune et tu me diras que tu m'aimes jusqu' à la mort.

«Beaucoup de gens te trouveraient bizarre de parler de soucoupes volantes si tu étais encore sur terre» lui dis-je en ricanant.

«On est tous des aliens un peu bizarres après tout» me réponds-il dans un soupir et «puis je suis pas bizarre je suis cosmique!».

«Et toi t'étais pas bizarre quand tu tripais avec les champignons hawaïens à faire de la trottinette dans l'école de ta mère , une bière dans une poche de ton peignoir violet? et j'oublie pas la paille dans la bière bien sûr!, Tassem cosmique! Mais je ne critique pas la paille, elle a permis de sauver lady Neptune quand elle a failli s'étouffer avec un os. Comme tu l'aimes ta Lady. »

« J'étais déjà presque en Idaho en fait « lui rétorquais je en souriant. » « Oui avec un peignoir rose t y aurais été complètement « me répondit-il.

« Et lady Neptune ta chienne cosmique

qui léchait tes cannettes de bière vides avec sa petite culotte en jeans. » Et Jim Morrison se mêlera à la fête en me glissant «je me souviens de ce temps- là, n'oublie pas que je suis ton professeur psychédélique, tu te souviens quand je te dictais des poèmes et que tu es passé me voir au père Lachaise sous champignons avec ton amie FloFlo ? Putin ça c'était cool. Je me souviens aussi du bon temps que tu as passé avec ton ami Bryan à Angers. Ah le bon vieux temps. »

Et Kurt Cobain se ramènera en me sifflant « ce n'est pas mieux de brûler au vent que de s'éteindre à petit feu ? Whatever nevermind... » On fera une partie de poker tous les quatre et le prince me glissera à l'oreille : « tu te souviens du joker que j'ai déposé au pied de ton lit ? Oui c'était bien moi ! C'était pour t'annoncer que ton voyage en Idaho se déroulerait bien et tu sais bien que je suis un joker. Tu vois j'ai tenu ma Pimkie swear ! » Il y aura aussi mon grand-père, il viendra par surprise mettre ses mains sur mes yeux et me diras « c'est qui ?», comme je faisais quand j'étais enfant. Il y aura encore plein de monde à la fête, je me repentirai de mes péchés et je pardonnerai ceux qui m'ont offensée, on sera tous peace and love.

Je sais que ta dimension préférée c'est la Pink dimension et que ton âme aime surfer sur ses ondes psychédéliques. Mais nous nous soucions de Gaia et de son évolution alors nous continuerons à œuvrer parmi les guides de lumière pour préparer l'ascension de la terre.

Enfin viendra le temps de l 'apocalypse, la révélation, et le royaume d'en bas recevra le message d'amour de Tassem , la gardienne de l'âme.

Et toi mon prince d Idaho tu mêleras ta légende à celle de l'agneau, ton âme liée à la sienne libérée du cycle des incarnations.

© 2019, Waters, Aleka; Bonheur, Sibylle
Edition : Books on Demand,
12/14 rond-Point des Champs-Elysées, 75008 Paris
Impression : BoD - Books on Demand, Norderstedt, Allemagne
ISBN : 9782322042906
Dépôt légal : juin 2019